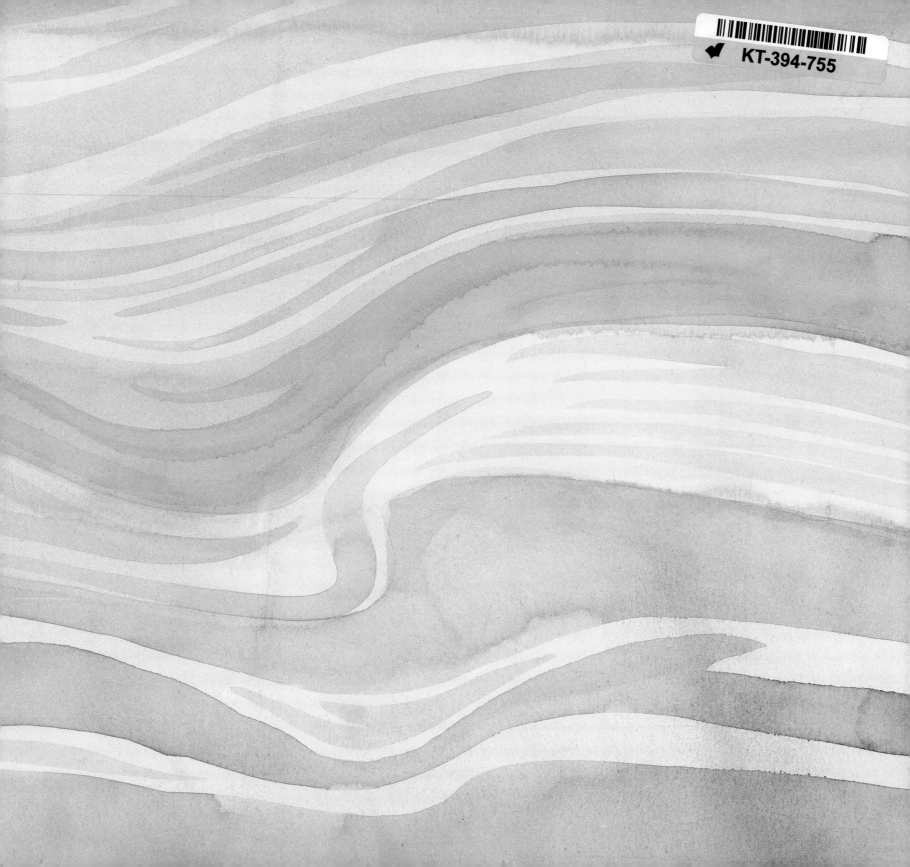

D'Aodh, Conor & Ruth – Ailbhe

Do m'iníon Banba – Brian

Foilsithe den chéad uair ag
Futa Fata,
An Spidéal,
Co. na Gaillimhe,
Éire

Tá Futa Fata buíoch d'Fhoras na Gaeilge faoin tacaíocht airgid.

Faigheann Futa Fata tacaíocht ón gComhairle Ealaíon dá chlár foilsitheoireachta do pháistí.

Foras na Gaeilge

ISBN: 978-1-910945-90-2

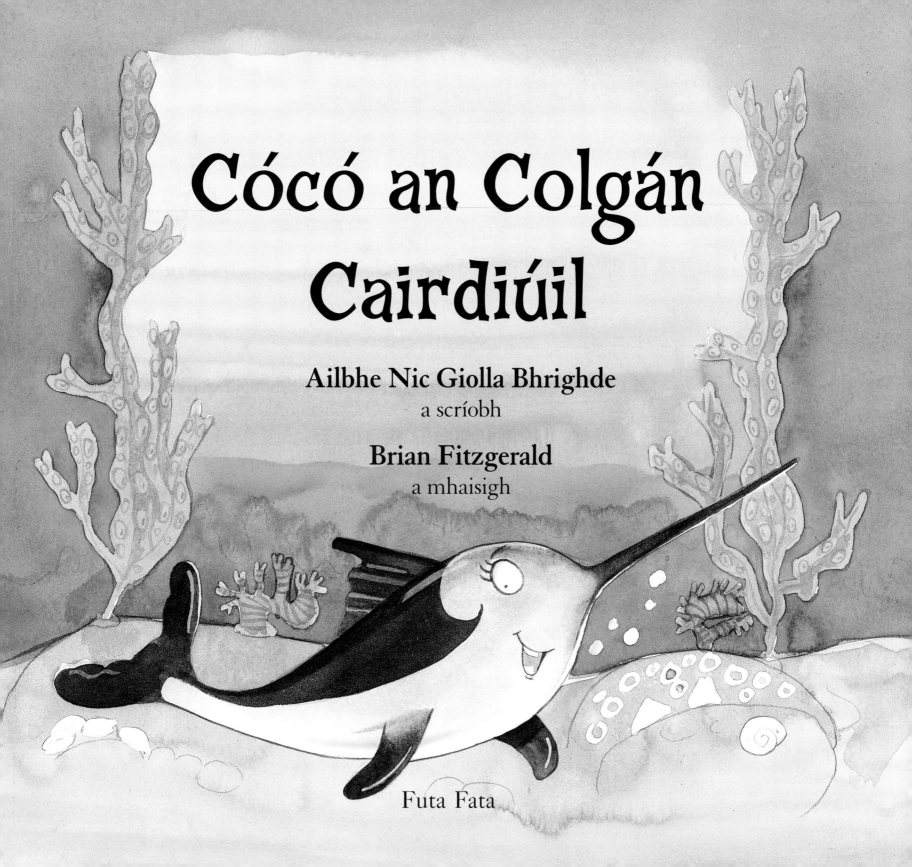

Cócó an Colgán Cairdiúil

Ailbhe Nic Giolla Bhrighde
a scríobh

Brian Fitzgerald
a mhaisigh

Futa Fata

Colgán ba ea Cócó. Ba bhreá léi a bheith ag snámh agus ag tumadh lena cairde gach lá. "Tá tusa níos tapúla ná iasc ar bith eile ar scoil!" a dúirt siad léi. Bhí Cócó an-sásta. Ach...

... nuair a bhog sí go teach nua ar an taobh thiar
den Charraig, bhí ar Chócó freastal ar scoil eile.
"Déanfaidh tú a lán cairde nua," arsa Mamaí.
Ach ní raibh Cócó chomh cinnte céanna.

Ar Díol

"Céard a dhéanfaidh mé mura mbíonn siad go deas liom?" ar sí.

"Cén fáth nach mbeidís go deas leat?" arsa Mamaí,

"Iasc chomh cairdiúil leatsa!"

Tháinig Cócó agus a Mamaí chomh fada leis
an scoil. "Beidh gach rud i gceart, a thaisce,"
arsa Mamaí agus í ag tabhairt croí mór isteach
do Chócó. "Fan go bhfeicfidh tú!" Ach...

... nuair a shnámh Cócó isteach sa rang,
ba léir nach raibh gach rud i gceart!
"Tá sí chomh **MÓR**!" "Tá sí chomh **FADA**!"
"Tá sí chomh **GÉAR**!" arsa na héisc eile.
Thuig Cócó ar an bpointe gur ag
caint faoina srón a bhí siad.

"Seo í Cócó," arsa an Múinteoir. "Is colgán í." Níor casadh colgán ar na héisc eile riamh cheana.
"Nach bhfaigheann do shrón sa bhealach ort is tú ag spraoi?" ar siad. "Ní fhaigheann!" arsa Cócó
agus í ag gáire. Ach ní raibh na héisc eile ag gáire.

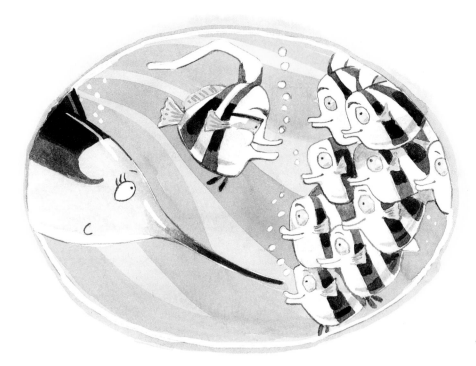

"Bígí ag spraoi le Cócó," arsa an Múinteoir leis na héisc eile ag am sosa. "Céard faoi chluiche 'Imigh i bhfolach'?"
Ach bhí srón Chócó rómhór. Bhí sí ag gobadh amach as gach poll.
Bhí na héisc eile ag gáire fúithi.

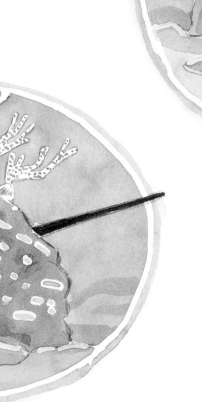

"Céard faoi chluiche cispheile?" arsa Cócó.
Ach bhí srón Chócó rófhada. Ní raibh na
héisc eile in ann an liathróid a bhaint di.
Ní raibh siad pioc sásta.

"Céard faoi scipeáil?" arsa Cócó. Ach bhí a srón róghéar.
Ghearr sí an rópa ina dhá chuid, rud a chuir uafás ar na héisc eile.

"Is maith a bhí a fhios againn go bhfaigheadh do shrón mhór fhada ghéar sa bhealach," ar siad. "Ní theastaíonn uainn spraoi leat níos mó." Agus shnámh siad i bhfad uaithi go dtí an taobh eile den chlós.

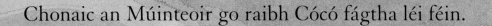

Chonaic an Múinteoir go raibh Cócó fágtha léi féin.

"Seo linn," ar sé. "Tabharfaimid Cócó go dtí an seanbhád."
Shásaigh seo na héisc eile. Thaitin an seanbhád go mór leo.
"Ina mbeirteanna anois," arsa an Múinteoir. I bpreabadh na súl,
bhí na héisc eile ina mbeirteanna taobh thiar den mhúinteoir.
Gach iasc, ach amháin Cócó.

Nuair a shroich siad an seanbhád, tháinig sceitimíní áthais ar Chócó.
B'aoibhinn an áit é le bheith ag spraoi le cairde. Lean Cócó na héisc eile
síos, síos. "Imigh leat!" ar siad. "Tá do shrónsa rómhór, is rófhada,
is róghéar dúinne!"

Bhreathnaigh Cócó ar na héisc eile ag spraoi lena chéile.
Is mór an spórt a bhí acu. "Tá sé in am filleadh ar an scoil,"
arsa an Múinteoir. "Ina mbeirteanna anois!" Ní raibh
deifir ar bith ar Chócó. D'fhan sí siar chun deiridh.

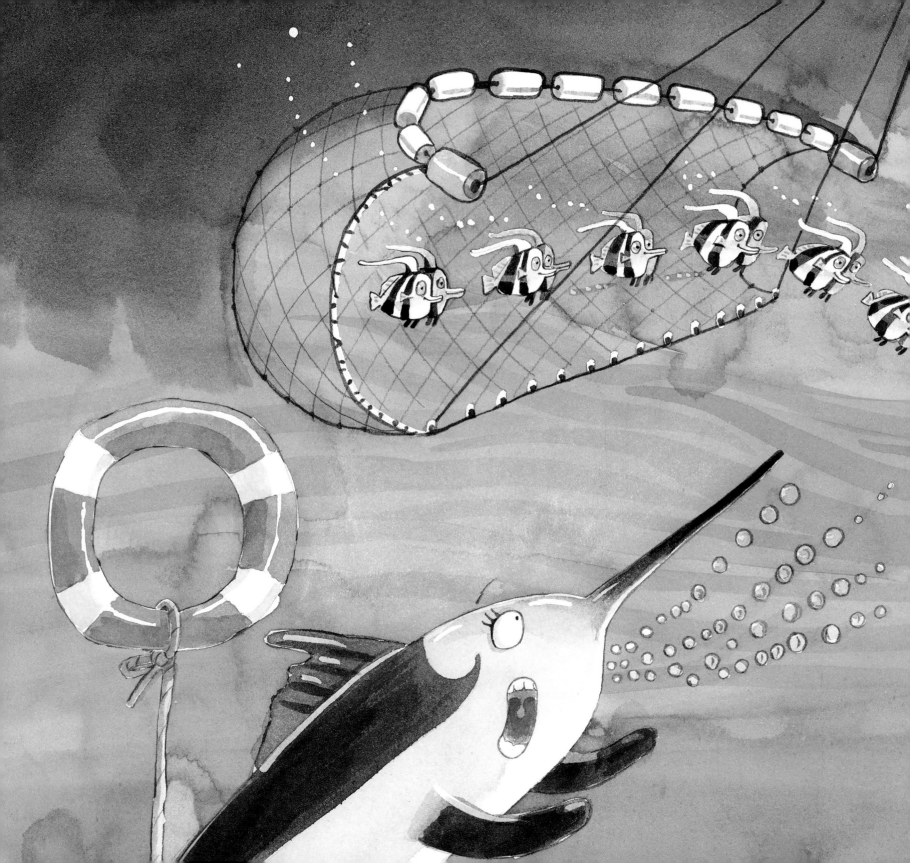

Ansin, chonaic Cócó rud éigin mór, leathan ag teacht anuas ó bharr an uisce –
eangach iascaire a bhí ann!

"SEACHAIN!" a bhéic Cócó. Ach...

... bhí sí ródheireanach.

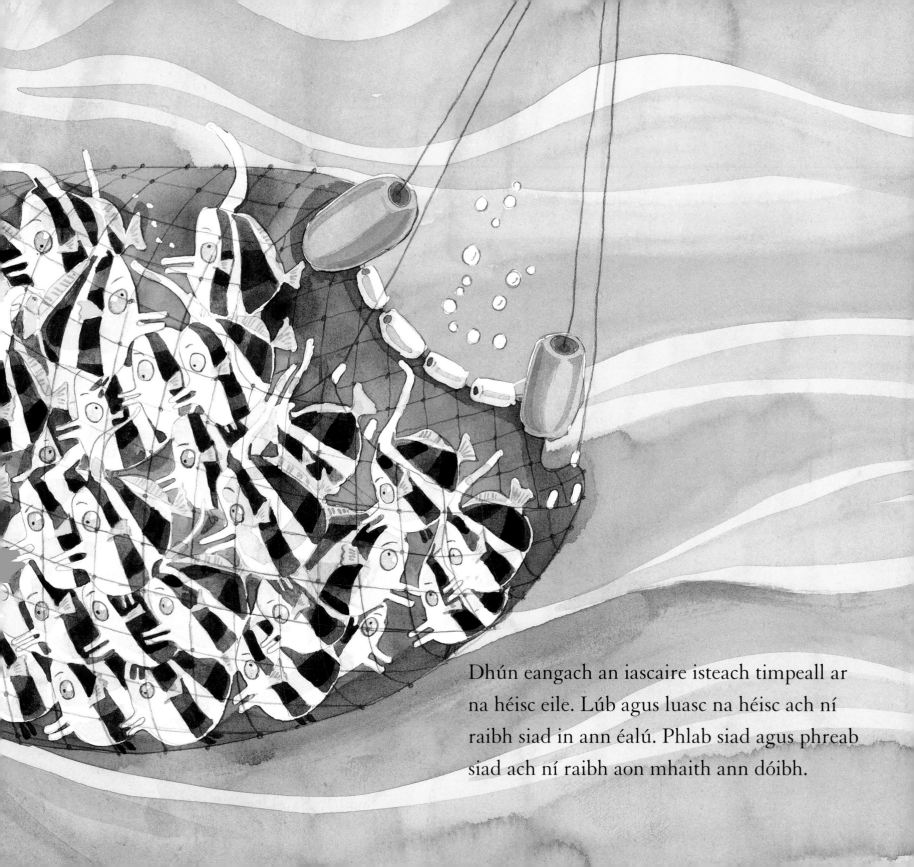

Dhún eangach an iascaire isteach timpeall ar na héisc eile. Lúb agus luasc na héisc ach ní raibh siad in ann éalú. Phlab siad agus phreab siad ach ní raibh aon mhaith ann dóibh.

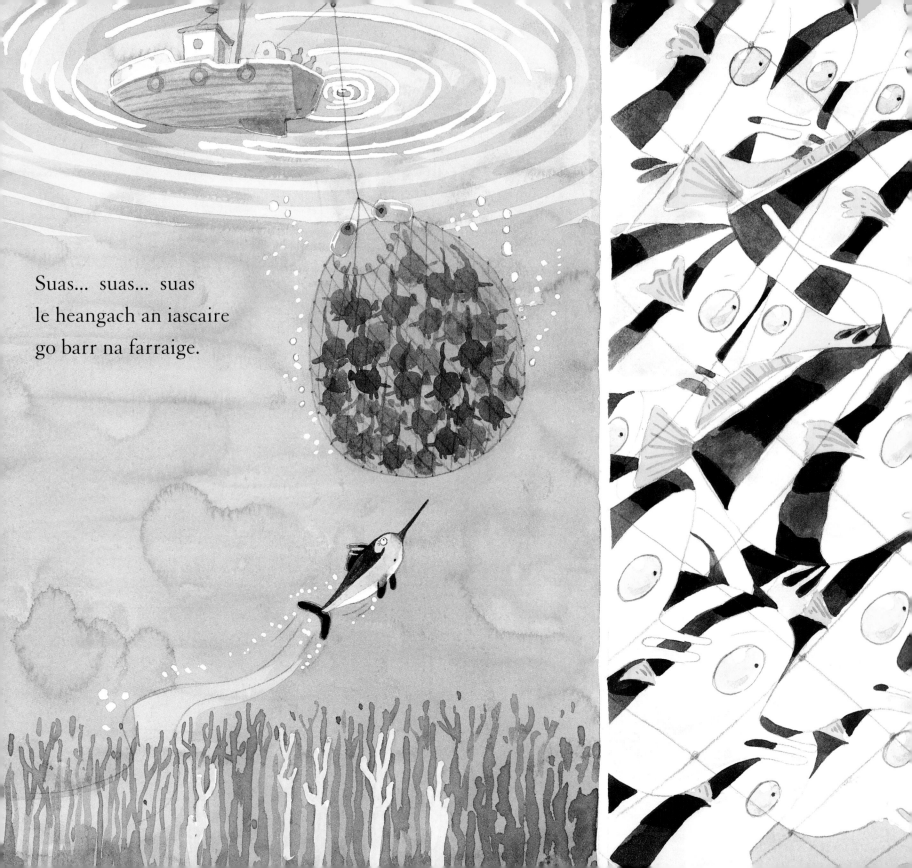

Suas... suas... suas
le heangach an iascaire
go barr na farraige.

Suas le Cócó ina diaidh. "Cuidigh linn, a Chócó!
Cuidigh linn!" a chaoin na héisc eile.

Dhírigh Cócó a srón mhór, fhada, ghéar i dtreo eangach an iascaire.
Agus le luas lasrach...

... ghearr sí poll san eangach.
Amach leis na héisc, ceann i ndiaidh a chéile.

"Hurá!" arsa an Múinteoir. "Shábháil Cócó sinn!" "Hurá!" arsa na héisc eile.

"Tá an-bhrón orainn go rabhamar gránna leat, a Chócó," ar siad. "An mbeidh tú sásta spraoi linn arís?"

"Beidh, cinnte!" arsa Cócó. "Agus tá a fhios agamsa an cluiche a imreoimid!"

Thaispeáin Cócó dóibh conas snámh
mar a dhéanann colgán. "Tá tusa níos tapúla ná iasc ar
bith eile ar scoil!" a dúirt na héisc eile. Bhí Cócó an-sásta.
Ba bhreá léi a bheith ag snámh agus ag tumadh
lena cairde nua.